갈모산방

지혜사랑 305

갈모산방

정하선 시조집

지혜

情 1. 정하선 2022. 9. 10

차례

1부

2부

3부

4부

5부

6부

1부

- **일러두기**
  페이지의 첫줄이 연과 연 사이의 띄어쓰기 줄에 해당할 경우 >로 표
  시합니다.

단오부채

한겨울 대숲 바람 긴 마디 잘라내어
그늘에 모진 성깔 다스려 모아 두고
쪼개고 곱게 다듬어 활짝 편 살 만들고

닥나무 깊은 속살 한지로 맑게 떠서
한쪽은 내 마음을 한쪽은 네 마음을
가위로 둥글게 오려 민어풀로 맞붙여

시 한 줄 내려쓸까, 산수화 그려 볼까
붓끝에 대롱대는 생각을 접어두고
태극을 곱게 그리다 흐려지는 눈시울.

갈모산방* 1

언제나 효도하며 본받고 존경받는
가정을 이루어라 신혼 때 주신 말씀
선 고운 팔작지붕의 한옥 한 채 짓는다

한옥의 지붕에선 그 가정 볼 수 있다
부연이 추켜올린 서까래 날렵하고
추녀는 날개 활짝 펴 하늘 위로 오르고

가까이 봐도 곱고 먼 데서 더 고운 멋
안 보여 알 수 없어 찾아본 숨은 내력
다듬은 나뭇조각에 내조의 공 숨 쉰다.

* 추녀선이 날렵하도록 도리 위에 끼워 넣는 나뭇조각

보도블록

원고지 칸칸마다 발자국 넣고 있다
때로는 또박또박 때로는 난필이 돼
취한 듯 취하지 않은 듯 우기를 정비한다

쪼그려 앉았거나 행간에 비켜서서
우산을 펼쳐 봐도 안쪽서 범람이다
난감한 문장들 따라 젖어버린 낱말들

더러는 무릎 깨져 붉은 줄 그을 때도
같은 길 걸어가도 치우친 한 생각이
뒤축은 다르게 닳는다. 꾹꾹 눌러, 썼는데

멀쩡한 길 부수고 새 블록 놓은 길에
꽃다발 받아 들고 못 선 것 자책하며
옷깃을 여며 다듬고 원고지에 다시 선다.

까치 신혼집 건축기

단독도 아파트도 물려받지 못했다
신혼의 첫 장에다 쓴 글은 '내 집 갖자.'
변두리 한 홉 못 되는 활엽수림 위라도

생나무 꺾어다 집을 짓지 않는다
기둥도 대들보도 삭정이로 맞추어도
바닥은 엄마 냄새 밴 젖가슴 털 뽑아서

빗물이 들어와도 가족들 가슴에는
축축이 젖지 않는 포근함 지으려고
부부는 작은 가지도 애정의 홈을 파서

새들은 바람 불 때 둥지를 짓는다는
조상들 이어 내린 가훈도 걸어놓고
난관을 시험 삼으며 견고함을 짓는다.

큐브

태생이 줄 서기에 익숙지 못함인가
등허리 진땀 나도 기어코 어긋난다
한 줄에 들지 못한 길 내 발등을 찍어도

위쪽을 향해 봐도 좌우로 돌려봐도
색깔로 한 줄 되긴 절벽 끝 까마득한
이념이 달라서인가 절박함이 부족한가

손아귀 안에 넣고 애를 써 돌려보면
우두둑 소리 나는 아내의 관절처럼
비명을 지르면서도 아프단 말 못 하고

하나가 되겠다고 아침 길 다졌는데
손때가 묻어가도 여전히 낯선 동네
하늘에 흩어진 별들 반짝이는 까닭만?

고궁의 봄

고궁에 봄이 오니 천 년 빛 환해진다
겨울잠 부스스한 내 마음 흔들기에
신발을 바람에 얹어 사푼사푼 나선다

이끼도 옛 푸른 왕궁 전에 날아와
천년의 끈을 잇는 선인들 그리움에
기둥에 단청 빛깔도 호흡 이어 숨 쉰다

기왓장 골마다 햇볕 스며 숨 넣고
바람은 기둥 닦아 천 년의 결을 찾네
손끝에 단청 고와서 기억들을 살리고

동쪽에 태양이 중천 우에 오르니
여의주 굴리는 듯 용마루 꿈틀꿈틀
오늘을 날아오르며 치는 꼬리 힘차다.

호숫물 냇물 되매

호숫물 낙수 되어 흐르는 긴긴 여정
작은 별 품어 안고 구름도 품어 안고
가슴속 물풀 길러서 시름을 정화하고

하늘빛 잊지 않고 감사로 물이 들고
흙탕물 흘러들면 다독여 가라앉혀
졸졸졸 책을 읽거나 묵상하며 참선도

때로는 보에 들어 사상도 논의하고
때로는 논문 열고 나락과 얘기하다
비로소 바다에 닿아 물비늘로 별 된다.

백제를 그리다

백제를 만나러 금강 줄기 따르니
백제는 떠나 천년, 허공을 품은 물길
세월의 주막집에서 홀로 청한 술 한 잔

낙화암 절벽에 너울대는 홍단풍
옛날의 그날 같아 바람도 경악하고
물새도 젖어 우는가 목멘 울음 떨군다

이 심사 달래려 발길 돌린 궁남지
활짝 핀 연꽃 보자 그리움 울컥 붉다
취한 척 비틀거린다, 백제 후손 이 몸은.

노을

노을 속 오늘은 검은 구름 흐른다
사소한 의견 대립 말 상처 주고 온 날
바람도 하, 칙칙하게 내 옷자락 감는다

노을에 취하니 붉은 비단 깔렸다
맘 맞는 벗들이랑 술 한 잔 기울인 날
바람도 호, 공실 하게 내 옷자락 만진다

노을의 맑은 빛 내 마음에 스민다
사소한 잘못함도 사과로 풀고 온 날
이제는 허, 칠십 넘어 세워야 할 자세네

"잉"

"반갑네! 잉," 덥석 손잡고 하는 말
맛깔은 물론이고 둥글고 보드랍다
공이로 다지고 다진 기초 위에 세운 정情

한 두름 얘기 엮어 오일장 이고 지고
꽃 지고 계절 가도 가슴 꽃 지지 않아
청보리 자운영 꽃밭, 길 따르면 감꽃 핀다

헛기침 빈말도 정성 어려 배부르고
햇볕도 쉬어가고 그늘도 쉬어가라
일자집 툇마루에도 들기름을 먹이는

음식만 맛깔나고 푸짐한 것 아니라네
하루 더 쉬어가라, 붙잡고 못 놓는 손
스민 정情 마침표 대신 입안에서 꽃 된다.

평형수

여객선 밑바닥에 평형수를 채운다
적재량 삼십 프로 균형을 잡는 수치
따개비 작은 새우도 못 들도록 조치한다

파도가 잔잔할 땐 있어도 없는 물이
비바람 만날 때와 회전을 해야 할 땐
평정심, 좌초를 막을 균형추라 했어요

핸드폰 챙겨 넣고 자동차에 오른다
아내가 흔드는 손 베란다는 항구다
"기름도 채우시려면 넉넉하게 채워요"

송진

내 몸에 들이댄 낫질이나 톱질 탓에
상처 입고 끈끈하게 흘러내린 눈물을
남들은 용서의 꽃으로 피워보라 하지요

가만히 서서 당한 억울하고 원통함을
날파리 날아와도 분 풀어 갚고파서
눈물도 다려 고아서 끈끈하게 만들어

상처도 아픔도 묵혀 묵혀 천 년 되면
복령이 될 수 있다 호박이 될 수 있다
햇볕의 다독임 따라 굳혀 보는 내 눈물.

한갓구*

어머나, 어머나 지워봐도 지워봐도
지우면 지울수록 또렷해지는 **어머니**
어디서 저문 사립에 등불 걸고 있는지요

아버지 전쟁을 짊어지고 가신 후에
어머니 길고 긴 밤 잘라 이고 가신 후에
어제도 없는 **어머니** 오늘도 없는 **어머니**

갈라진 이파리에 거친 가시 세워도
내 곁을 서성이며 맴도는 그림자뿐
오늘도 목이 긴 울안, 비에 젖은 한 송이

지우면 지울수록 울음으로 좁아진
내 가슴속 앞마당 안으로 안으로
애를 써 들어오시는 어머니, 어머니.

* 엉겅퀴

득량만에 온 기러기
— 강진에서

한 계절 살고 가자, 어깨가 아프도록
아무나 날지 않는 구름길 날아와서
득량만 헹군 바람 맛 금방 알고 선회한다

창공의 높은 길은 허공에 밀쳐두고
양 날개 포개 접고 가만히 엎드려서
끼루룩 들 문 두드려 쉬어가길 청한다

갈대들 묵혀둔 방 군불로 덥혀주고
청보리 푸른 들판 멍석 펴 깔아준다
떨어진 이삭 몇 알도 누군가엔 잔칫상

질척인 습지에서 발 붉게 살아가도
때로는 맑은 물에 둥둥 떠 한가롭게
하늘로 날아오르면 깃발 되어 보일까.

2

겨울이 날아가고 봄이 와도 문득문득
가슴속 아려 와서 끼룩끼룩 울고 있다
걸어 둔 점묘화 한 폭 부기미附驥尾*를 일러준다.

* 명마의 꼬리에 붙으면 천리를 간다는 고사성어. 높은 사람이 끌어주
어야 이룰 수 있다는 말

제비 가족

비 오는 초가집 처마 밑에 제비집
쩍 쩍 쩍 새끼 제비 노랗게 벌린 입에
비 젖은 엄마 제비가 벌레를 먹입니다

비 오는 초가집 처마 밑에 빨랫줄
비 피해 잠시 앉아 꾸뻑 졸던 엄마 제비
불현듯 새끼 제비들 생각난 듯 빗속으로

비 오는 마당 보며 엄마는 망설이다
구겨진 비닐 비옷 말없이 챙겨 입고
의지에 포장마차를 꺼내 밀고 나섭니다.

2부

"아따"

"아따, 이렇게 만낭께 참 좋구먼, 잉"
별 볼 일 없어도 오일장 나들이란
금줄이 이웃집 사립에 쳐졌더란 말이라도

막걸리 사발 위로 스치는 비단 바람
사돈네 팔촌까지 안부가 색실이다
딱 짚어 말하지 않아도 네 마음이 내 마음

서로가 서로를 받쳐주는 꽃받침
농부들 상사소리 치자꽃 피어난다
"아따"는 무슨 말에나 머리말이 아닝가,"

얽어도 향기로운 유자 향 스며있는
잉어가 헤엄치듯 꼬리 치는 힘찬 "잉 "
일 년이 다 봄날인 양 참꽃 피어 찰랑대고

우렁이

비 개고 물 가득 차 흘러가는 도랑에
가볍게 출렁출렁 떠가는 혼불처럼
둥둥둥 떠내려가는 우렁이 껍질 하나

하얗게 색 바래고 어룽진 날들 품고
개구리 울음소리 조가로 들으면서
물 따라 두둥실 두둥실 춤추며 흘러간다

애가 타 창자가 녹을 때도 때로는
온 세상 다 얻은 듯 작은 기쁨 하나도
헌신獻身이 헌 신 되어서 댓돌 위에 엎디었던

신발 끈 조일 때는 답답하고 아팠지만
한 켤레 신 벗으니 홀가분한 꽃길인 걸
물에 뜬 유골함 하나 흘러가며 두둥실.

대게

입 가득 거품 물어 자신을 변호해도
허물이 허물될 뿐 열매가 될 수 없는
이 세상 모든 생이 다 한나절 밀물인 걸

후퇴란 평생 없는 가문의 체통 지켜
배때기 뒤집히며 도망친 일 없는데
모래펄 옆걸음 걸은 그 아픔을 뉘 알까

깊은 물 구중궁궐 바깥일 알 수 없어
그물에 안 걸릴 것 방심한 실수 탓에
이제는 뉘우쳐 봐도 소용없다 체념한

대게는 대게로서 품위를 지키려고
다리를 쪼개놓고 속살을 파내어도
참맛은 등딱지 속에 감춰두고 모른 척

용포에 정좌하고 현실을 받아들여
죽음도 장엄하게 맞이한 품격으로
대게의 마지막 길은 물 젖어도 꽃송이.

늙은 배

청춘의 밀물 썰물 푸르러 힘센 날들
주름 속 감춰둔 채 추억만 잔잔하다
아직도 유선형 항로 당겨보는 뱃머리

순풍에 돛 올리고 태풍에 닻 내리고
한 몸에 돛과 닻을 다 달고 살았어도
내 갈 길 내 마음대로 못 가보고 왔구나

마음은 웃자라도 용기는 삭아져서
꽃물결 살랑대도 닻과 돛 내려둔 채
수평선 아스라함이 가물가물 꿈이다.

도토리, 여자들에게 보쌈되어 묵 되다

1

아무도 꽃이라고 말하지 않았어요
누구의 관심 하나 못 받고 태어난 몸
나, 오직 혼자 힘으로 자라나야 했지요

활엽수 지체 낮은 가문에 매달려서
푸르른 얼굴마저 벙거지 하나 구해
깊숙이 눌러쓴 채로 버텨가며 살아와

키 작아 한평생을 따 돌림 당하면서
내 마음 나도 몰래 떫어져 버렸지요
그래도 가을은 오고 탱탱해진 내 몸을

2

서럽던 순간들이 쌓인 길 지나오며
개밥에 섞이어도 이 한 몸 외로운데
여인들 무슨 일인지 자루 보쌈 하여서

굳어져 딱딱해진 편견을 벗겨내고
단단히 품은 앙심 가루로 만들더니

내 마음 날 버리도록 오랜 시간 우려내

과거도 사라지고 떫은맛 없어지자
고운 손 조물조물 내 온몸 애무하여
뜨겁게 달구어 놓아 발딱발딱 심장이

타오른 마음속이 서서히 식어가며
모났던 모서리도 숨 죽어 연해질 때
혀끝을 주고받으라 꽃송이로 상 놓아.

수몰 지구

물살이 소리 잃어 적막한 골목 드니
남향집 툇마루에 잉어가 앉아 쉬고
떡붕어 엉덩이 깔고 부엌에서 불 지펴

감꽃이 떨어지던 울타리 그늘에는
피라미 공기놀이 싫증 나 땅 빼앗기
미꾸리 모래무지의 심술 아닌 사랑이

물속의 살구나무 잎 져서 앙상한데
물 밖의 살구나무 꽃 피워 내려 덮네
저렇듯 삶과 죽음도 하나 될 때 봄인가.

목판화

따귀를 후려치는 서북풍 악담 같다
개천은 음각되고 조약돌 얼어붙어
가난에 얼룩진 날들 냉각되어 아프다

철길은 양각으로 돋움을 세웠어도
발길이 헛디뎌져 아래로 미끄러져
뜨거운 눈물방울이 구두코에 차갑다

골목길 맨 끝 사는 아줌마 치마 같은
수숫대 성근 구멍 울타리 햇볕 한 줌
오늘도 가난한 우리, 등에 내려 주지만

눈 온 뒤 눈부시게 따뜻한 양지 찾아
눈 모아 옹기종기 덕담을 나누듯이
계절이 춥고 추워도 모여 피는 동백꽃

햇살이 가늘어도 고마운 마음으로
자라서 열매 맺어 베풀려 애쓴 보리
이 겨울 이겨낸다면 또록또록 여물까.

마하반야바라밀

운명이 바뀌는 건 건널목 만났을 때
계단을 올라가다 평지를 만났을 때
피아노 건반을 밟아 건너편 길 닿을 때

고해를 건너가야 저쪽에 닿는 거고
고해를 건너려면 노래를 불러야 해
하여서 건널목에는 건반들이 놓이고

평상시 우리들은 노래를 안 하지만
기쁜 일 슬픈 일들 놓이면 노래 불러
사람들 더 좋은 길에 들어서려 건너고.

슈퍼 뿌리 농법

농사를 지으면서 생각을 항상 했네
벼 이삭 키울 방법 두 배로 키울 방법
이삭을 키우는 꿈만 품어 안고 살았어

열매를 크게 만들 방법을 못 찾았지
뿌리를 크게 하는 농법이 나온 뒤에
그렇지, 뿌리 없이는 큰 열매도 없단 걸.

양파

눈물도 흘려가며 콧물도 닦아가며
오늘을 걷어내면 내일은 더 하얄까
중심의 가부좌 불상 만날 수가 있을까

주어진 앞날들은 하야리 밀어봐도
오늘을 벗겨내면 내일도 검은 점이
도마에 칼 다짐 소리 목탁 될 날 있을까.

춤

어젯밤 껴안고서 얼마나 울었던가
줄기와 이파리가 헤어질 마지막 밤
누군가 멀리서 타는 해금의 떠는 가락

만나면 헤어짐이 이치가 아니던가
아픔도 서러움도 아닌 척 헤어지자
보내고 떠나는 이의 몸짓이 된 속울음.

배거리재

집 건너 바라뵈는 보성군 조성면의
높은 산 배거리재 나무를 다니던 곳
옛날도 아득한 옛날 배가 걸려 있었단

오래된 굴 껍데기 쌓여서 증명하고
옛날에 바다였다 말없이 말해 주는
심해가 높은 산 됐다, 전설일까 아니면.

도리깨질

마당에 콩 동 풀어 가득히 펼쳐놓고
이웃집 아저씨와 품앗이 도리깨질
마주 서 매기고 받고 내려친다 신나게

적당히 간격 두고 내딛고 물러나고
어여차 힘을 훅훅 허공에 내뱉으며
공중에 들어 올려서 내려치는 상쾌함

안쪽은 내려치고 갓에 건 모아치고
한바탕 치고 나서 막걸리 한 잔 하고
콩알들 햇살에 반짝 미소 짓는 눈동자

사는 법 나아가고 때로는 물러나고
병법이 아니라도 진리는 얕고 깊어
콩알이 튀어나오며 알려주는 금언들.

그러네

활 활활 아궁이 속 장작불 타고 있네
치마가 따뜻하네 그 속이 후끈하네
그러네 누군가 탈 때 모두 함께 따뜻해

그래도, 그렇지만, 그럴 줄 짐작한 일
형제들 많다 해도 등 돌림 흔한 세상
그대만 팔짱 끼면서 함께 가자 말하네

혼자서 두드리면 저렇게 신이 날까
살짝만 거들어도 우주가 날개 펴네
장구도 맞장구쳐야 신이 나고 흥겨워.

대서大暑 무렵

암 매미 울음도 비칠 것만 같은 저
섬진강 상류 따라 맑은 물 창공이다
발 담가 앉아 있으니 삼복마저 숨는다

건너편 가지에, 앉아 있던 물총새
청록색 가꾼 몸을

일 촉 순간
　　　　　내
　　　　　리
　　　　　꽂
　　　　　아
한 끼니 낚아채 물고 돌아간 뒤
능선 곱다.

열세 살 무화과

솜털의 무화과가 베어서 버려졌다
찢어진 상처마다 흰 피를 흘리면서
몸과 맘 달고 향기롭게 농익히려 했는데

바람도 색 바래서 누렇게 떨어지고
하늘도 먹구름을 핏물로 적시던 날
평범한 사람 만나서 살고픈 꿈 뭉개져

왜놈들 처녀 공출 환락에 당하고 만
희망도 찢어지고 원망도 짓밟혀서
길가에 버려진 채로 흙고물만 묻었다

뒹구는 저 상처가 너만의 상처일까
눈물이 웃음 되긴 먼 길이 되겠지만
부축해 함께 가야 할 숙명의 길 아닌가.

마술사

마술은 마장마술 누구나 속아주는
정말로 마술 같은 마술이 있는 세상
돈과 **빽**, 있는 부모를 만난 것도 능력인

마술은 명마에게 점수는 기수에게
안 되면 심사원도 규칙도 바꾼 마술
세상은 마술 같아라, 우리 사는 세상이

마술은 마장마술 누구나 속지 않는
마술은 눈속임 수 다 알게 되는 것을
속였다, 지금까지도 착각하고 있는가.

무심코 한 말이

길가에 쓰러진 고목나무 한 그루
짜증을 낸 뒤 보니 한 편엔 짠한 마음
저 나무 안 쓰러지러 얼마나 애썼을까

넘어진 아내의 깨진 무릎 보면서
조심을 하지 않고 짜증 내다 생각하니
무심코 내가 한 말이 더 큰 상처 됐겠다.

3부

서강

동강을 만나러 맑게 가는 발길은
부끄럼 이마에 인 처녀로 늦어져도
마음은 이미 동강 만나 사랑으로 깊구나

힘차게 달려온 동강 만나 주려고
치마폭 수놓아 온 화폭의 금수강산
행여나 망가질세라 조심조심 흘러서

서강이 지닌 마음 동강은 잘 모르리
동강이 모른다고 서운한 맘 없으니
동강을 품어 가는 길 감사하고 고맙고.

화살

화살표 따르니 화장실도 과녁이다
낙전이 아니 될까 가만히 호흡 멈춰
팽팽히 배꼽 밑 시위, 당겨 놓자 반구비

화살 끝 바르르 떨지 않고 꽂힌다
과녁이 온몸 떨어 아픔에 서리 친다
무심코 쏘아버린 날들 뉘 가슴에 꽂히어

오늘도 못 알고 시원함만 짜릿해
안아서 동그랗게 감싸는 아픈 마음
휘파람 불며 불면서 오던 중에 생각나.

감

감꽃을 꿰어서 걸어주고 내 목에
이빨이 햇살처럼 환하게 웃던 아이
수줍은 그 모습 두고 백팔염주 걸었네

인연의 질긴 줄 끊지 못해 찾은 길
합장 속 그리움은 베고 쳐 파르스름
아직도 눈에 훤한데 잊은 지가 오랜 척

염주 쥔 손 모아 합장하고 숙인 몸
방금 딴 홍시 하나 말없이 쥐어주네
눈 돌려 바라다보니 감나무가 연꽃밭.

금줄

행여나 나쁜 것 갓난애에 들까 봐
아이를 낳은 집엔 외부인 들지 말라
사립엔 왼새끼 줄 쳐 고추 꽂고 숯 꽂아

소 새끼 낳은 집 돼지 새끼 낳은 집
삼 일간 외부인은 들지를 말아 달라
왼새끼 짚 매끼 꽂아 주렁주렁 매달아

질병이 돌 때는 흰 종이를 꽂아서
왕래를 자중했던 조상들 지혜로움
아는가, 지금 사람들 아니라면 모른가.

군자란

후덕한 자태에 내 마음이 이끌려
군자란 한 포기를 사다가 심었더니
여리고 여린 속마음 무심결에 보이네

포근한 가슴속 고요로만 푸르러
바람이 불어 일고 봄 햇살 일렁이자
감추고 감추려 해도 못 감출 일 있던가

한겨울 올곧게 입 다물고 보내다
한순간 보이고만 추스른 여린 마음
온몸에 울음 뽑아서 터뜨린 꽃 한 송이.

가을산 품은 호수

가을이 숲 속에 무슨 조화 부려서
색 고운 산등성이 푸름은 볼 수 없다
아직도 빳빳한 마음 푸르도록 섰어도

노을의 붉음을 품어 안아 불타리
수면을 튀어 오른 은빛의 작은 희망
물풀에 잠재워 두고 지나왔던 어제가

빈 하늘 가득 차 시리도록 맑은 날
온 산천 다 태워도 못 태울 저 단풍빛
심연에 남은 울음을 불붙여서 꺼낸다.

도리상

김 오른 밥그릇 올망졸망 찬 종지
오붓이 둘러앉은 한 가족 밥상머리
사는 일 따뜻하고도 맛나면 좋으련만

맛있게 먹자고 마음먹고 든 수저
어쩔 땐 너무 짜고 어쩔 땐 입이 써서
미간에 큰 도랑 두엇 생겨서 흘러가도

너희들 모습이 무엇보다 좋구나
환하게 웃으시는 아버지 숭늉 그릇
일 년 중 제일 밝다는 보름달이 비친다.

고풀이

세상길 걸으며 분한 일을 당하고
실타래 꼬이듯이 꼬인 일 있었다면
가실 길 원통 함 놓여 어떤 길로 가시리

풀어도 못 푸는 헝클어진 고 라면
풀어도 풀지 못할 원통한 일 있거든
다 풀어 잊어버리고, 가시라고 빕니다

이승에 맺힌 고 훌훌 풀어 던지고
흰 날개 훨훨 쳐서 극락에 가옵소서
가실 길 티 없이 닦아 치성드려 빕니다.

죽방멸치

해협의 센 물살 이겨내며 온 우리
원통함 하나 없다 빛나게 살아온 생
여기가 대발에 갇힌 마지막 길이라도

놀다나 가보세 자유롭게 춤추며
대발에 들었어도 모른 척 괴롬 잊고
한바탕 마당놀이나 펼치면서 신나게

우리가 죽은 뒤 추한 모습 안 되고
비늘도 빛이 나는 깨끗한 영혼 되어
어느 곳 간다고 해도 부끄러움 없는 몸.

뜬 모

쇠스랑 발 세워 골라놓은 세상사
둘째 놈 꽃눈 아래 자리를 잡지 못해
집 나가 소식 없는지 며칠 짼가 오늘이

아버지 뜬 모를 정성 다해, 하신다
비올 듯 구름 짙어 침침한 눈 비비고
어젠 양 근처 떠돌다 금방 올 것 같은데.

어떠리

아리랑 스리랑 아리아리 스리랑
길가에 신문 덮고 노숙자 잠을 자도
우리네 백성들이야 무슨 말을 하오리

아리랑 스리랑 아리아리 스리랑
대통령 출마자들 삼백 평 넓은 집에
우리네 유권자들이야 무슨 말을 하오리.

항아리와 햇볕과 바람

아파트 베란다 간장독을 놓은 뒤
온 집안 구석구석 곤 냄새 진동하네
결국은 간장 항아리 버리고 온 그날에

어머니 모처럼 다녀가러 오셔서
햇볕만 잘 든다고 맛 들지 않는다고
바람도 함께 해줘야 깊은 맛이 든다고.

호박

서로가 엉키어서 눌러도 눌려져도
이웃은 이런 거라 모른 채 손 내밀고
잎자루 나란히 세워 햇빛 별빛 나누고

내 아이 남의 아이 흘린 코 닦아주며
뛰놀다 넘어지면 일으켜 털어주고
꽃 피고 열매 맺으면 내 일인 듯 반기고

장마와 가뭄에도 서로를 의지하며
내 일이 네 일 되고 네 일이 내 일 되어
넝쿨손 포개어 잡고 넓혀가던 일상들

둥글고 살찐 열매 후덕함 으뜸이라
바람도 쓰다듬고 햇볕도 다독이며
짚 똬리 받쳐 기르던 곱고 고운 손길들

가난한 시절에도 호박은 잘도 자라
고향의 언덕에도 울타리 지붕에도
넉넉히 안겨주었던 서로 나눈 인심도.

가을 마루에 앉아서

빨랫줄에 널려있는 어머니의 저고리가
어깨부터 물기 빠져 말라가고 있구나
너머에 빨갛게 타던 맨드라미도 색 바래

힘없이 흔들리는 펑펑했던 바지자락
잘 영근 씨앗들이 빠져나간 꼬투리를
가을볕 혀를 내밀어 핥아주고 있구나

더덕을 깎으면

을지로 지나다 지하통로 들어서자
코끝에 상큼한 향 매달려 둘러보니
할머니 더덕을 깎아 하나둘 쌓고 있네

가만히 놔둘 때는 어떤 향도 없지만
더덕을 깎고 쪼개 나누어 주려하자
비로소 진한 향기가 멀리멀리 퍼져서

벽에 걸린 혼백

부서진 사립 넘어 풀 마당 들어서니
뎅그렁, 금방 울어 새참 때 알려줄 듯
열 시에 멈춰 서 있는 툇마루 위 벽시계

일 나간 지아비가 시장끼 느낄 땐데
죽으면 안 된다고 이 악물고 바득바득
뎅그렁, 열 시 알리고 명줄 놓은 모습이

짱뚱어

철갑옷 단단히 갖추어서 입었다
용궁과 나라 바다 지키는 저 군사들
최첨단 망원경 쓰고 먼 곳까지 감시해

민첩한 몸놀림 총알처럼 뻘밭도
임란 때, 연평해전, 수군들 우리 해병
물과 뭍 가리지 않고 확실 근무 이상 무.

4부

갈모산방* 2

추녀가 날개 펴 푸른 하늘 날듯이
저 날개 달아준 건 도리나 기둥일까
기둥도 한몫하였고 도리도 공 있겠지

잘 닦은 터 위에 바로 앉힌 주춧돌
짜 맞춤 빈틈없이 껴안은 자기 역할
도리 위, 보이지 않는 나무 조각 그이도.

* 추녀가 약간 치켜 올라가 날듯이 하려고 넣은 부재, 서까래와 도리 사
  이에는 틈이 생기는데 이를 맞추기 위해 도리 위에 얹은 삼각형의 나
  무조각, 추녀가 나는 듯 펼쳐지는 것은 갈모산방의 덕이다.

밤윷

첫 도라 서운해, 말 한마디 안 해요
첫 모라 으스대거나 방정도 떨지 않아
종지 속 나무 쪽 조화 어느 뉘가 알리요

내 손에 모나 윷만 나오면 좋겠지만
하지만 도나 개만 나오는 걸 어떡해
세상사, 죽은 나무 쪽의 조화부림 같은걸.

삐비꽃

삐비꽃 찾으려고 언덕을 넘어가고
장다리 찔레순을 툭 꺾어 벗겨 먹던
그때가 머리에 박혀 뽑아내지 못하네

뉘 볼까 숨어 앉아 따먹던 무명 다래
짚불에 풋 밀 구워 입술이 새까맣고
깜부기 골라서 뽑아, 만든 피리 불던 때

삐비꽃 솜을 넣어 입혔단 계모 얘기*
찔레꽃 송이 속에 동화책 펼치듯이
마당에 덕석 펴놓고 세다 잠든 별 속에

나이가 시든 지금 풍요는 단단해도
지난날 되짚으면 기억이 싱싱하여
그 시절 그리운 마음 도장지로 자란다,

* 친자식은 솜을 넣어 따뜻하게 하고 이부자식은 삐비꽃을 넣어서 겨울
  에 얼어 죽었다는 계모 이야기

간장 담는 날

소금물 풀어서 손가락 끝 간 보며
된 것도 같다 만은 어머님 말하시고
메주를 씻어 담그고 숯 띄우고 고추도

삶이야 어찌 딱 간 맞출 수 있으랴
조금쯤 덜 맞은 간 맞추며 사는 거지
목욕한 장독 그릇들 반짝반짝 빛난다.

조국

무릎에 날 앉혀 안으시고 품어서
손으로 어루만져 다독여 주시면서
때로는 밥상머리에 가르침도 따뜻한

흰 구름 두둥실 흘러가는 하늘 밑
옷자락 깃발처럼 바람에 서럽기도
따르라 손잡고 걷자 내밀어 준 다정함.

달팽이

삐거덕, 딱지 문 들어서면 보이는
안방에 하나뿐인 주방과 화장실과
문 열면 고층 아파트 내 차지는 그늘뿐

습기 찬 지하실 내 집이라 그래도
다독여 위안으로 가꾸고 가꾸면서
젖 먹는 돼지 액자도 하나 사다 걸고서

다시는 못 가리

줄 매어 가지 못한 언덕의 암소 울음
먼 곳에 기적소리 어딘가 가는 길을
소리쳐 알려주면서 떠나라고 흔들어

득량만 넓은 들판 보리밭 찰랑대도
자운영 붉게 핀 들 꿀벌이 잉잉대도
배고파 떠나왔던 곳 배불러도 못 가네.

난초

솔잎을 피울 때 한 촉 뽑아 올리고
꾀꼬리 날개 펼 때 한 촉 뽑아 올리고
가신님 생각하는 날 뽑아 올린 또 한 촉

그늘에 바람 불 때 한 잎이 흔들리고
골짜기 물소리에 한 잎이 잠기기도
못 보낸 애틋한 색깔 지워내며 시든다.

민들레꽃 갈피

묵은 것 버리자고 서랍을 정리하다
색동이 아직 고운 한삼을 만져본다
고놈들 학교에 가서 열심히들 놀겠지

고운 놈 하나하나 선연한 얼굴들이
한참을 마음으로 가만히 쓰다듬다
다시금 곱게 접어서 서랍 속에 넣는다.

8월 오후의 몽환

이마의 땀 훔치며 3시가 걸어온다
나무 끝 새 울음도 녹아서 떨어지고
창공이 흘린 땀인가 한 줄금의 소나기

부채도 지쳤는지 목침 옆 드러눕고
눈감아 뒤척이며, 봄날의 그리움 속
한 가닥 대숲 바람이 위로하며 스친다

짝 찾는 매미 울음, 사랑도 열정이라
울음도 애절함이 떨리는 순간이라
내 사랑 미지근하여 아직 푸른 열매들.

개 사요

개 사요, 개 삽니다, 한 마리 육십만 원
식용에 쓰일 운명 정부서 사들여요.
거니의 짓는 소리에 의원들이 꼬리 쳐

견종에 상관없이 육십만 드립니다
크기에 상관없이 육십만 드립니다
세상이 다 개판인데 개 아닌 놈 누구랴

내 목에 털이 서고 내 발톱 날카로워
개 같은 세상인데 나라고 개 아니랴
송곳니 으르렁댄다. 안 그러려 애써도.

수화

허공에 손 내밀면 초록 길 일어선다
손끝이 꽃눈이다, 향기가 만져지고
핏줄에 짜릿함으로 감전되는 첫사랑

세세함 하나하나 정성을 접고 접어
마음속 서랍에다 곱게도 간직하리
죽도록 살아갈 감촉 인연 함께 깊어라.

태양광 옷

태양광 뚜껑 덮어 자동차 질주한다
석유도 배터리도 오래된 전설이다
햇빛을 가공하여서 못 만들 것 없구나

겨울엔 햇빛 천 짜 따뜻한 옷 해 입고
여름엔 바람 천 짜 시원한 옷 해 입고
비닐들 만날 수 없어 미소 짓는 지구촌.

침을 맞으며

가지에 살폿 얹힌 달빛도 천근인데
세월의 옹이마다 상처가 무거워서
가늘은 은침 몇 꽂아 검지 말아 튕기는

하르르 떨다가 중심 잡아 말 없다
눈두덩 가만 내려 침묵이 절간이다
어디서 꽃 되어있는가, 마음에 핀 얼굴들.

푸념

선물을 만 원어치 주고 간 사람보다
물건을 천 원어치 사 가는 그 사람이
반갑고 더 부담 없어 좋은 것이 장사여

물건은 일 년 내내 하나도 안 사 가고
먹을 것 쓰던 물건 날마다 가지고 와
된소리 안된 소리만 늘어놓다 가는가.

그늘

아침 녘 긴 그늘 정오 되면 짧아지고
정오의 짧은 그늘 해 기울면 길어진다
밤 되면 누구랄 것 없이 그늘도 사라진다

내 그늘 길다고 안타깝다 생각 말자
밝은 곳 뒷면에는 누구나 그늘 있어
지우려 발버둥 쳐도 내 일부인 그늘이.

천 원이라면

천 원 숍 매장서 흰 눈 셔츠 한 장을
전철을 타고 오다 천 원에 장갑 하나
자장면 한 그릇 천 원, 저녁을 해결한다

천 원에 언덕 위 하얀 집을 사놓고
천 원에 어린양을 열 마리 사놓으면
행복을 마음속 가득 천 원으로 채운다.

잠자리 날개

쳐놓은 그물 보러 하루를 기다려서
땅거미 질 무렵에 왕거미 나와 보니
잠자리 한 마리 걸려 퍼덕대고 있구나

산목숨 잡아먹기 조금은 안쓰러워
망설임 모으다가 삶이 죄라 허물고
천천히 먹어 가는데 맘에 걸린 두 날개.

5부

갈비탕

갈비탕 받아놓고 식기 전 먹어야지
씌워진 얇은 비닐 벗기려 애쓰는데
그릇에 착 달라붙어 벗겨지지 않는다

옆 사람, 가운데를 푹 찢어 젖혀놓고
따뜻이 먹고 있는 모습을 보면서도
조심히 벗기려 애쓰다 식어버린 내 사랑.

메추리알

달걀에 비교하면 알 축에 못 끼어도
둥그런 껍질 까면 흰자에 노른자가
너무나 아름다워서 손색없는 한 생명

왜 이리 많이 삶아 상 위에 올렸는가
먹기는 먹는다만 마음이 뒤뚱댄다.
차라리 달걀 하나를 삶아놓고 말 것을.

문상

울 엄니 아흔 넘어 호상이라 하면서
딸 일곱 하나 같이 얼굴에 울음 없네
밤 깊어 딸 중에 한 딸 흐느끼며 우는데

해일에 요동치는 굽은 등 보자 하니
울음을 우는 것도 내 설움에 운다고
바다에 남편 묻었단 넷째 딸이 구석에서.

우려
― 알파고

착하고 훌륭한 인재가 될 거라고
누구든 다 그랬어 아이가 태어날 때
사람은 엉뚱하게도 불거지곤 했었지

인간을 위해서 유용하게 쓰려고
노벨이 화약들을 발명해 놓았지만
몇 해도 지나지 않아 살상 무기 되었지.

달맞이꽃

한 줄기 달맞이꽃 꺾어다 꽂으려다
말 없는 풀일망정 꺾기가 안쓰러워
아쉬운 마음 달래며 뒤돌아서 왔더니

달님이 미리 와서 방에서 환히 웃네.
어둠들 널린 것들 말끔히 쓸어내고
새하얀 치마 벗어 깔고 함께 누워 자자네.

동백꽃

동백꽃 터진다 울타리에 눈 온다
신열을 앓다 죽은 옆집 누나 제사던가
가슴이 터져서 죽은 누나 부모 제사던가

날아든 동박새 울음마저 잊고서
가슴속 파닥이며 숨어봤던 어린 가슴
차디찬 흰 그리움이 내려 덮네, 이 밤을.

꼬막

단단한 껍질 속에 피눈물 품어 안고
뻘밭을 못 떠나서 묵묵히 살아간다
가난의 멍에 속에도 속이 찰 날 믿으며

내 삶도 꼬막 되어 단단한 껍질 쓰고
짜거나 싱거워도 간 맞춰 살다 보면
웃음만 얼굴에 품고 살아가다 보면은.

귀향

욕지도 바닷가에 그물 깁던 갈매기
새우깡 먹고 살려 한강으로 다 가고
동백만 모여 앉아서 눈이 붉게 울어서

방풍잎 솟아날 적 돌아온 한 마리가
마루에 쌓아놓은 동화책 한 무더기
'동화를 쓰실 건가요.' 고개를 끄덕인다.

다랑이논

물 잡은 위에 논에 흰 구름 씨 뿌리고
물 내려 아래 논에 나눔을 심어놓아
아래로, 아래로 물 내려 총총 총총 모 심네

층층이 위에 논물 아래로 맑게 흘러
가진 건 맑은 마음 적어도 가득하다
천인지 우주 만물들 영근 소리 들린다.

메모지

세 끼니 밥상 위에 인내를 구워 놓고
비린내 새지 않게 문 닫아 살아온 삶
욕될 일 하지 않았다 꾹꾹 눌러, 쓴 기록

거울 속 얼굴 보니 주근깨 검버섯들
내 한 생 메모지다, 적힌 듯 적막하다
지워도 지울 수 없는, 기름먹인 종이여.

찔레꽃

이 길로 누군가 눈물 떨궈 갔던가
지워도 뒷모습이 바람에 서성댄다
배고픈 보리누름이 줄기마다 가늘다

햇살도 허기는 달래주지 못하고
종다리 날아올라 하늘에 고해봐도
영혼만 하얗게 피어 지샌 낮달 품는다.

초록불 켜졌다고

초록불 켜졌다, 바로 가면 안 돼요.
좌우를 살펴보고 그때 가도 늦지 않아
성급히 빨리 가봐도 차이 날 것 없어요

초록 불 켜졌다 뛰어가면 안 돼요.
사람이 뛰어가면 위험도 뛴답니다
좌우를 살피며 가야 건너 꽃길 만나요.

응강

언제나 응강에서 웅크려 산 어머니
서방님 먼저 가고 그것이 내 죄라고
스무 살 젊은 봄날을 꽃피우지 못하고

어머니 응강에서 나오지 못하시니
우리도 양달쪽에 발걸음 둘 수 없어
응강이 눈물인 줄을 알지 못해 살았던

시래기 응강에서 마르며 맛이 들고
물김치 멸치젓갈 맛있게 익는 곳도
응강에 살아온 세월 후회 없네, 지금은.

2024. 11. 24

겨울밤에

뒷산에 큰 소나무 웅웅웅 우는 밤에
이 마음 붙잡아서 다잡지 못한 잠결
가실 때 돌 하나 구워 수건에 싸 드릴 걸

벼랑에 매달리듯 서 있는 나무들도
붉은 꽃 피우려고 준비가 한창인데
스쳐 간 뒷모습 하나 되살아나 스민다.

딸기

겨울에 딸기 따는 농부를 만났더니
여름에 모종 캐어 냉장고 얼려야만
한겨울 좋은 딸기를 딸 수 있다 하였네

추위를 거쳐야만 꽃피고 열매 맺는
딸기밭 꽃향기에 꿀벌들 붕붕 댄다
젊을 때 고생했어도 잘 돼 있는 아재도.

쑥부쟁이

1

아무도 몰랐던 밤 순자가 시집가며
모퉁이 산모퉁이 눈물로 적신 꽃이
오십 년, 어젯밤 인양 이슬 젖어 피었네

아버지 술값으로 팔려서 갔던 길에
모녀가 눈물로 싼 겨드랑 옷 보따리
발자국 옮길 적마다 어루만진 손길이

2

추석 달 꽉 차오른 고향 집 툇마루에
백발의 미소 고운 여인이 앉아있네
"고향에 돌아왔어요. 뼈 묻으러 왔어요."

폭죽

어두운 이 밤을 밝혀보려 솟구친
그 기상 그 용기가 가상타 받은 박수
온 세상 못 밝힌 채로 추락하는 그 심정

갈가리 찢기어 흘러내린 핏방울
마지막 한 점까지 보석빛 치장하여
어둠 속 사람들 마음 채워주려 애쓴다.

녹차

봄

한겨울 눈으로 마음 닦아 피워낸
첫 잎을 몇 잎 따다 차 한잔 우려내니
누님의 첫날밤 같은 고개 살폿 숙인 향

여름

감나무 그늘 밑 대 평상을 펴놓고
멀리서 찾아온 이 웃음을 마주하고
댓잎을 지나온 바람 차 우려서 나누고

가을

건너 산 꽃사슴 한가로이 노닐고
다반에 차향 가득 추억이 피어난다
설록차 향기 오름 속 꽃사슴 된 내 꿈이

겨울

눈 맞아 더욱더 푸르러진 찻잎 따
구절초 향기 아직, 덜 가신 산방에서
마음속 벗 다운 벗과 호젓하게 마시네.

무슨 물감으로 그린 그림이기에 가면 갈
수록 더욱더 또록또록해지는가.

장탉이 일필휘지 능선을 그린 위에
멍멍이 짖는 소리 곳곳에 붓을 친다
아침 해 휘장 올리면 한 폭 입체 산수화

이마에 넘치는 물 손으로 훔치면서
물동이 이고 오는 누나의 붉은 댕기
댕기가 너무나 고와 피어나는 동백꽃

버들강 밤새워서 번지는 안개 화폭
아버지 헛기침도 그대로 수묵화다
서둘러 풍경 흔들며 무논갈이 가는 소

싱싱한 도마소리 아기의 울음소리
빨랫줄 가득 널린 기저귀 깃발 보려
햇볕도 발그레 웃어 발걸음을 멈춘다

옷자락 두드리는 이슥한 밤다듬이
치마폭 주름마다 그 장단 묻어있어
어딘들 흥이 없을까 고난에도 춤일세

만가도 흥겹도록 가는 길 북장단에
높이 떠 춤을 춘다, 방자왈 둥실둥실

가는 길 맘 다독거려 보냄마저 축제네

마을 뒤 산소 있고 산소 옆 마을 있고
산소에 몽근 잔디 왜 그리 포근한가
산소 등 잔디밭일랑 어린 우리 놀이터

화선지 한 장 없는 가슴속 전지에다
무슨 색 물감으로 그림을 그렸기에
세월이 가면 갈수록 진해져서 선명해.

걸음 화

오늘의 화폭에다 신발을 그려보니

하루를 건너가는 방식이 다 달라서, 총총 걸음 터벙 걸음, 퉁퉁 걸음 통통 걸음, 게발 걸음 거북 걸음, 가탈 걸음 허깨비 걸음, 황소 걸음 오리 걸음, 거위 걸음 골뱅이 걸음, 참새 걸음 황새 걸음, 화장 걸음 이슬 털이, 까치걸음 노루 걸음, 반 걸음 활보 걸음, 괴발 걸음 명매기 걸음, 발끝 걸음 비척 걸음, 달팽이 걸음 꽃 걸음, 초침 걸음 시침 걸음, 봉충 걸음 배틀 걸음, 비척 걸음 색시 걸음, 아장 걸음 혜종 걸음, 안짱 걸음 팔자 걸음, 잔 걸음 엉덩이 걸음, 잰 걸음 종종 걸음, 조각 걸음 온달 걸음,

허벅지 비비며 걷는 아양 걸음, 복숭아뼈 치며 걷은 마른 걸음, 뒤축을 치는 콩콩 걸음. 찰박찰박 걷는 찰박 걸음, 돌려 걷는 회적 걸음, 일자로 걷는 모델 걸음, 발꿈치 들고 걷는 위층 걸음, 축 쳐진 명퇴 걸음, 질질 끄는 빚쟁이 걸음, 건방진 한량 걸음, 당당한 조폭 걸음, 힘차게 걷는 당선 걸음, 촐랑대는 촐랑 걸음, 엉덩이 흔드는 요망 걸음, 또박또박 걷는 하이힐 걸음……

눈 씻고 찾아봐도 같은 걸음 하나 없네, 천 이면 천 가지 걸음, 만 이면 만 가지 걸음, 모두 다 저마다의 발자국을 발에 달고

앞부리 동쪽 향해도 서쪽으로 가는데.

6부

시조

정 하 선

전통 한옥이다. 칠팔백 년 잘 보존된 고택이다.

서너 자 돌계단을 밟고 올라, 세 칸 솟을대문을 열고 들어서면 다섯 칸 네 줄 박이 세 겹집.

기와지붕은 와송이 푸릇푸릇하다. 푸른빛 도는 검은 공단에 공작 꼬리를 수놓아 펼쳐놓은 모양이다. 팔작지붕은 하늘을 향해 어깨를 으쓱거린다. 정교하게 받쳐놓은 박공은 근육이 잘 발달된 장정의 가슴이다. 갈모산방이 떠받쳐 높여놓은 추녀 등 위에 앉은 잡상 기와들이 금방이라도 살아나서 갖가지 곡예를 보여줄 것 같다.

맑은 바람에 흔들린 청아한 풍경소리에, 흥을 놓아두지 못하는 부연이 외씨버선 살짝 들고, 흰 구름 살포시 밟아 사뿐사뿐 가볍게 춤을 춘다. 춤을 추는가 싶더니 어느새 흰 구름을 양어깨에 걸쳐 날개를 만들고 내 영혼을 손짓해, 갈기를 잡히고 푸른 하늘 위로 날아서 간다.

대청이나 안방이나 정갈하기 이를 데 없다. 대청에서는 옥색 모시옷자락 가만히 접어 앉아 부는 대금 소리가 들릴 것 같다. 때로는 안방에서 가야금 소리가 들릴 것도 같다. 그 소리에 나의 몸도 마음도 젖어들고 말 것 같다.

엄숙하면서도 아늑하고 편안한 그 집에 유숙하는 과객이 되고 싶다.

볕 좋은 봄날 매화꽃 벙그는 뜰을 보면서 임을 생각하고, 비 오는 날 술상을 앞에 놓고 벗을 그리며, 달 밝은 밤 가만히 누워 뒷마당에 댓잎 살 비비는 소리에 귀를 씻어내고, 뒷산에서 천년을 용트림하는 소나무 고목이 잎마다 현을 튕기어 내는 솔잎 바람에 마음을 헹구며, 온돌 같은 따스한 정을 가슴에 품어 안고 단 하룻밤이라도 쉬었다 가고 싶다. 한두 달 아니면 한 철이라도 묵고 싶다.

대금이다. 전통 한옥 대청마루에서 부는 대금이다. 퉁소일 수도 있고 가야금일 수도 있다. 가야금은 우리가 흔히 알 듯이 열두 줄이다. 퉁소는 위쪽에 구멍이 다섯 개 아래쪽에 구멍이 하나다. 사전을 보니 대금은 지공 6개와 칠성 공으로 되어 저음과 고음을 낸다고 되어있다. 그 속에서 세상의 모든 소리가 울려 나온다. 연주자의 재량에 따라서 감동의 심도는 달라진다. 다른 소리를 내려고 줄을 더 만들어 넣거나 빼는 일은 없다. 구멍을 더 뚫거나 덜 뚫는 일도 없다. 그 줄로 그 구멍으로 온갖 음을 만들어 낸다. 대금이나 퉁소나 가야금, 구멍이나 줄은 정해져 있다. 단 그 악기를 연주하는 연주자에 따라서 사람의 가슴을 녹아내리게도 하고, 춤을 추게도 한다. 신선이 되게도 한다. 옛날로 거슬러 올라 천 년 전 여인과 해후하게도 한다. 고향 산천에 안내하기도 하고 고산 절벽이나 심산유곡의 폭포 아래 세워놓기도 한다.

그동안 우리의 삶에서 뒷전으로 많이 밀려나 있던 우리 고유의 전통 한옥을 다시 찾아내고 다시 짓는 분들이 많이 늘어나고 있다.

가야금이나 대금, 퉁소 등 우리의 전통 음악을 사랑하는 분들이 많이 늘어나고 있다.

집 짓는 기술을 가진 목수라면 어떤 목수든 집이야 다 지을 수 있을 것이다. 하지만 집 짓는 데도 대목과 소목의 차이는 있을 것이다. 전통 한옥을 짓는 데도 대목이 지은 집과 보통의 목수가 지은 집은 확연한 차이가 날 것이다. 대목은 전통 한옥의 구조를 그대로 갖추면서도 은은한 멋과 향이 배어 나오는 튼튼한 집을 지을 것이다. 도리, 기둥, 보, 서가래 등을 우리말 재료 같은 소나무 목재를 사용해 전통 짜맞춤 방식으로 지을 것이다. 나무와 나무를 연결하는 곳을 암수 장부로 짜서 끼워 넣어 맞추며 못을 사용하지 않아, 수백 년을 견디는 구조상 튼튼하면서도 사람이 살기에 좋은 집을 지을 것이다. 삶의 목적을 충족시키고 보기에도 아름다운 집을 지어 그 집에서 평생을 살고 싶은 집을 지을 것이다. 섣부른 목수들이라면 어디 그런 집 짓기가 쉬울까. 요즈음 들어 섣부른 목수들이 우리의 멋들어지고 고풍 은은한 전통 한옥을 현대성에 맞게 고쳐 지어야 한다고 주장들을 한다. 참신성과 실험성을 갖춘다고 하면서 전통 짜 맞춤의 기법이 아닌 쇠 못질 한 집에 나무나 흙을 쓰지 않고 시멘트 집을 지어 한옥이라고 하는 분들이 더러 있다.

단청의 무늬를 바꾼다든지 아니면 단청 색을 바꾸는 것쯤은 그런대로 새로운 예술성을 첨부하는 과정이라고 생각하고 싶다. 벽지를 다시 바꾸거나, 주방이나 화장실을 고치거나, 솜이불을 오리털 이불로 바꾸거나 하는 것은 생활의 편리성을 위해서라는 이유를 대면 이유가 될 수도 있겠다. 정원의 모란꽃을 장미꽃으로 바꾼다거나, 고운 한복을 입은 여인이 섬섬옥수로 연주하는 가야금이나 거문고가 아니고 연미복을 입고 현대식 악기의 연주나 서양악기로 연주하는 것쯤이야 또 다른 어울림이 있을 수도 있겠지만, 아예 소나무 향 가득한 기둥을 들어내 칸을 없애고 시멘트 대들보에 통유리를 달아, 창호지 불빛 은은한 고유의 전통 멋을 훼손한 채 지붕만 기와집이나 초가집 형태를 갖추어 놓고 이것이 현대에 맞는 좋은 한옥이라고 하는 분들이 가끔 있다. 기본이 없는 변화는 변화가 아니라는 것을 모르는 사람들이라 말하고 싶다.

2011년 중앙시조 대상을 받은 시조계의 거장 권갑하 시인은 시조의 미학적 가치를 테니스 경기에 비유했다. '룰이 있는 테니스 경기와 네트 없이 마음대로 공을 치는 것 사이에 어느 쪽이 더 스릴 있으며 재미있겠느냐'라고 했다. 규칙이 엄격히 잘 지켜지지 않으면 실점이나 실격이다. 규칙을 잘 지키면서 아름다운 실력을 뽐내야 멋있는 경기, 멋있는 작품 탄생의 환희를 맛볼 수 있을 것이다.

시조 시인 김연동 님은 월간문학 2012년 11월호 월평에서 시조 시인들에게 '시조의 형식을 거추장스럽다기보다는 그냥 정형의 형식을 즐기고 있다고 보면 될 것이다. 전통 형식이나 현대적 감각을 결합하여 새로운 시대적 요청에 부응하는 시조 작품을 창작해야 할 것이다. 타 장르를 흉내 낼 것이 아니라 타 장르가 흉내 낼 수 없는 격조 있는 새로운 미학의 창출에 열정을 보여야 할 것이다.'라고 하였다. 앞의 권갑하 시인의 말과 일맥상통한다.

정형시는 정형성에 시적 요소가 가미되어 더 묘미가 있지 않을까 생각한다. 시는 일종의 말놀이다. 언어를 가지고 놀이하는 것. 놀이는 그냥 아무렇게나 하면 재미없다. 일정한 규율이 있어야 한다. 그래서 생겨난 것이 정형시가 아닌가 생각한다.

한시를 살펴보면 5언 절구 4행 시, 7언 절구 4행 시 등 정형시로 대부분 쓰였다. 그 속에 오묘한 이미지와 맛과 멋, 향이 스며있다. 물론 정형이 아닌 한시였다면 더 좋은 구절들이 있었을 수도 있었겠지만, 옛날 우리의 선비들은 시 짓는 놀이를 하면서 정형이라는 일종의 규칙을 만들어 놓고 그 규칙 속에서 시 짓기 놀이를 하였다고 언젠가 읽은 기억이 있다. 물론 오늘의 연작시처럼 4줄이 아닌 여러 줄의 시. 5언 절구나 7언 절구가 아니고 4언 절구나 6언 절구의 시도 있지만 그건 파격으로 지은 시들이라 생각한다.

정형시를 지으면서 글자 수만 정형으로 하는 것이 아니고 운을 내걸고, 선비들은 그 운자에 맞추어 글자를 집어넣어 시 짓기 놀이를 하였다. 물론 운자는 첫 운, 둘째 운, 말 운의 세 자이며, 첫 운은 기에 해당하는 첫 줄 시 행의 끝 자이며 둘째 운은 승에 해당하는 둘째 줄 끝에 넣어서 지어야 하는 운자였다. 말 운은 결에 해당하는 넷째 줄의 끝에 넣어서 지어야 했다. 전에 해당하는 셋째 시행에는 운자를 주지 않았다. 그 줄은 자유를 주었다. 그것 또한 시의 깊이와 재미를 넣을 수 있는 묘미였을 것이다.

한 선비가 운자를 부르면 상대 선비가 운에 맞추어 시를 짓는, 놀이가 선비들이 하는 시 짓기 놀이였다. 글자 수를 맞추어야 하고 운에 맞춰야 하고, 운자와 같은 글자는 중복 사용을 금하는 규칙 속에서 평소 갈고닦은 실력을 뽐내며 멋지고 아름다운 작품을 빚어내면서 기품 높은 놀이에 해가는 줄 모르고 심취하였을 것이다. 이런 규칙 속에 음률과 이미지가 잘 처리되고 감동과 해학, 사람이 살아가면서 본받아야 할 교훈적 메시지가 있는 시들을 많이 써서 남겼으니 우리 시조 시인들이 특히 눈여겨보아야 할 덕목이 아닌가 생각한다.

요즈음처럼 시가 아무렇게나 유행하다 보니 개그에까지 3행 시니 4행 시니 해서 말도 안 되는, 해학이 아닌 개그의 우스갯소리를 하는 형편이다. 물론 시가 대중들에게 많이 접하고 있는 것은 좋은 현상이라고 하겠지만, 일반 대중들이야 그렇다 치더라도 시나 시조를 쓰는 분들은 정도의 길을 걸어가야 하리라 생각한다.

현금 우리 시조 단을 살펴보자. 시조의 전통성을 잘 살려 몇백 년 이어져 내려오는 전통 한옥 같은 명작을 출산하는 대목도 많이 계시지만, 대금이나 가야금 연주를 아주 아름답게 하시어 우리에게 감명을 주는 명연주를 하시는 국악인 같은 시조 시인들도 많이 계시지만, 3장 6구가 완전히 배제된 산문시에 가까운 시조가 유행성을 띠기도 한다. 형식만 보면 자유시라고 해야 마땅할 시를 시조라고 하는 사람도 있다. 소설이나 수필을 써도 시조 시인이 쓰면 그것을 시조로 보아야 하는가. 시조 역시 변형시켜서 새로운 틀을 만드는 시도를 하는 것도 좋기는 하겠지만, 기존의 틀을 벗어나는 것도 어느 정도지 시조에서 지킬 것을 요구하는 종장의 3·5·4·3의 음수율조차 지켜지지 않는다면 이것을 어찌 시조라고 할 것인가. 룰 즉 규칙을 어긴 운동선수가 심판에게 삿대질하면서 대드는 것과 별반 다름이 없는 일이다.

시조는 초장   3(4)   4(3)   3(4)   4(3)
　　　중장   3(4)   4(3)   3(4)   4(3)
　　　종장   3   5(6,7) 4(3)   3(4)

의 정형률이 대세를 이루어 전해져 내려왔고 나 역시 이 정형률을 존중한다.

그러나 나 개인적인 셈 풀이로 아래와 같은 수리법도 유추를 해본다.

내가 추론하기로는(미흡한 생각이지만) 시조는 어려운 한시에서 벗어나 쉬운 우리말의 시로 창조된 정형성의 말놀이가 곧 시조가 아닌가 하는 생각을 한다. 하지만 쉽게 한다고 해서 규칙조차 쉬울 수는 없었으리라. 잘 짜인 수리의 규칙을 정해서 시조 짓기 놀이를 하지 않았나 하는 생각을 유추해 본다.

그 정형성을 살펴보면

제1구/ 제2구				
	1 음보	2 음보	3 음보	4 음보	합
초장	3	3	4	3	13
중장	3	4	3	4	14
종장	3	5	4	3	15

위와 같이 볼 때, 가로나 세로로 보나 음수율이 정형성에
정확하게 맞추어져 있는 것을 볼 수 있다.
　가로줄 초장을 보면 3·3·4·3 음절 합이 13
　　　　　중장을 보면 3·4·3·4 음절 합이 14
　　　　　종장을 보면 3·5·4·3 음절 합이 15로 정형성을 맞
　　　　　추면서 점층 적 숫자로 된다.
　제 1구, 세로줄
　　　　　1 음보를 보면 3·3·3으로 음절이 같은 숫자,
　　　　　2 음보를 보면 3·4·5로 음절이 점층적 숫자,
　제 2구, 세로줄
　　　　　3 음보를 보면 4·3·4,
　　　　　4 음보를 보면 3·4·3으로
　　　　　3 음보와 4 음보는 서로 엇갈린 바뀜의 음절 배
　　　　　열로 되었다.

　위와 같은 음수율 배열은 정확한 수리 맞춤으로 묘미가
있게 잘 짜여있다. 마치 목공이 홈을 정확하게 파서 못 하
나 없이 뼈대를 맞추어 집을 짓는 것처럼 짜맞춤 되어있는
것을 볼 수 있다. 여기에 정형의 딱딱함과 시 짓는 어려움

을 조금 배제하기 위하여 초장 가운데 3·4 중장 가운데 4·3의 음수율은 3이나 4로 변형 조절할 수 있게 하여 여유를 준 것 또한 재미있다. 한 시에서 3행에는 운자를 주지 않은 것과 같다. 그러나 종장에 해당하는 음수율은 지킬 것을 요구하고 있다. 문학에 있어 결 즉, 끝의 중요함을 여기서도 볼수 있다. 위의 시조 수리를 풀어볼 때, 이 숫자의 수리는 현대의 그 어떤 스포츠 경기의 규칙 못지않은 규칙으로 기막히게 잘 짜여있어 나도 모르게 감탄의 혀를 내두르게 한다.

세월이 가면서 이런 것들이 새로움에 밀려 자꾸만 퇴색되고 사라지고 있다. 새로움도 좋으나 사라지는 것 또한 아쉽기도 하다. 단단한 근본 위에 새로움이 세워져야 그 새로움은 견고하다.

외국인 관광객들이 우리의 전통 한옥에 유숙하고 가면 또다시 찾아오고 싶어 한다고 한다. 세계 어느 나라에도 없는 온돌문화. 효율적으로 잘 조절된 열관리와 공기 순환. 자연과 조화를 잘 이룬 한옥에서, 평생 체험해 보지 못한 따뜻한 구들로 등을 지지며, 은은한 나무 냄새와 흙냄새 배어나오는 자연과 같은 방에서 현대에 지친 영혼의 근육을 풀고, 전통 한옥에 맞는 감칠맛 나는 한식 한 상, 대금 가락이나 가야금의 선율을 맛보면 이 맛에 어찌 반하지 않을 수 있겠는가. 현대로 덮어 씌워놓지 않은 우리 전통 한옥만의 멋과 맛, 향이 그들을 다시 오고 싶게 하는 것은 당연지사다.
한국에는 한국 전통문학이 없느냐고 외국인들이 가끔 묻는 경우가 있다고 한다.

시조를 맛본 외국인들은 전통 한옥에서 유숙한 것처럼 시조는 아주 좋은 전통문학이라고 진정 어린 칭찬을 한다고 한다.

외국인이 우리의 한옥을 자기들의 나라에 그대로 옮겨 짓고 있는 분들도 있다고 한다.

우리의 시조도 외국인이 좋아하는 한, 시조 한류의 세계화가 멀지 않았다. 세계가 열광하면 그것은 바로 시조가 노벨문학상을 받을 수 있지 않을까. 물론 노벨상을 받기 위하여 문학을 하는 것은 아니겠지만.

전통 한옥을 아끼는 분들은 우리 전통 한옥의 원래 모습을 훼손하지 않게 잘 보존하여 아름답고 살기 좋게 가꾸어 나가고 있는 분들이 많이 있다. 전통 한옥의 외형적 구조를 잘 유지하면서 내적으로 주방이나 화장실 등을 현대식으로 만들어 전통 한옥의 조금 불편한 곳을 개조하여 불편 없는 한옥생활을 하는 분들도 많이 있다. 또는 가야금이나 거문고, 대금 연주도 하지만 전통 한옥에서 색소폰이나 기타, 등 서양악기를 연주하여 흥취를 돋우는 분들도 있다. 그 또한 절묘하게 어울리는 아름다움이 아니겠는가.

대금이나 퉁소나 가야금을 연주하는 사람들이 많아지고 있다. 젊은이들도 많은 참여를 하고 있다. 하지만 가야금의 줄을 줄이거나 늘이려는 사람은 없거나 극소수다. 대금이나 퉁소의 구멍이나 구조를 변경하고 이것이 좋은 악기라고 주장하는 사람은 없다. 다만 열심히 연습한다. 평생을 그 한 악기에 바쳐서 사람들에게 감동을 주려고 연주하기 위해 국악인들은 노력한다.

시조는 정형이라는 일정한 틀이 있고 그 틀에 맞게 곱게 짜야한다고 생각한다. 좋은 형식의 날실에 좋은 재료와 정성이라는 생각의 씨실로 품격 있고 아름다운 직조를 하여 잘 짜낸 작품이 귀한 비단 같은 작품이 아닐까, 하는 생각을 한다. 우리 시조 시인들은 시조의 형식을 훼손시키지 않으면서도 현대감각과 아름다운 예술혼이 살아있는 고운 무늬의 작품을 빚어내도록 노력해야 할 것이다. 우리 시조 시인들은 시조의 형식을 훼손시키지 않으면서도 미와 감동이 함께 어우러진, 새롭고도 아름다워 진한 감동이 저절로 가슴속에서 우러나오는 작품을 쓰도록 노력하여야 할 것이다. 시조의 정형성을 잘 지키면서 그 이랑에 아름다운 시의 씨를 뿌려 명작으로 가꾸는 정신, 이 정신이 시조 시인들이 지켜야 할 자부심이고 의무이며 미학이고 덕목이라 생각한다. 이 글을 쓰는 나도 못 미치는 미흡함이 태반이지만 더 노력함으로 이 글에 가까이하고 싶을 뿐이다.

2012. 2. 22

* 2001. 2. 22일에 쓰고 2002년 『자유문학』 겨울호에 「시의 정형성」이라는 글로 실린 글을 토대로 다시 쓴 글임

情 2, 정하선 2022. 6.

정 하 선

정하선 시인은 전남 고흥에서 태어났고, 『월간문학』으로 등단했으며, 중앙대학교 예술대학원 문예창작 전문가 과정을 마쳤다.

시집으로는 『재회』, 『한 오백년』, 『그리움도 행복입니다』, 『무지개창살이 있는 감옥』, 『새재역에서』, 『가볍고 경쾌하게』, 『송림동 닭알탕』, 『희망촌 재개발지구에서』 등이 있고, 동시집으로는 『도깨비바늘』, 『무지개자장면』, 『도토리』 등이 있다. 시조집으로는 『숄을 두른 여인』, 민조시집 『석간송 석간수』, 『저기에 둘이 누우면』 등이 있고, 에세이 집으로는 『운과 귀인은 누구에게나 온다』, 『견디며 사는 나무』 등이 있고, 생활서로는 『좋은 주례사 행복한 결혼』, 『주례사 77선』 등이 있다.

방촌(황희정승)문학상, 통일문학상, 시조문학 작가상, 노무현 벚꽃길 사진 공모전 일반부 은상, 재능시낭송 인천대회 우수상 등을 수상했다. 현재 kbs 1tv 황금연못 자문단으로 출연 중이고, 전통문화 예절지도사, 주례전문인, 숲 생태해설가, 바다해설사, 요양보호사로 활동하고 있다.

이메일 junghasun88 @hanmail.net

정하선 시조집
갈모산방

발 행	2025년 5월 25일
지 은 이	정하선
펴 낸 이	반송림
편집디자인	반송림
펴 낸 곳	도서출판 지혜, 계간시전문지 애지
기획위원	반경환
주 소	34624 대전광역시 동구 태전로 57, 2층 도서출판 지혜
전 화	042-625-1140
팩 스	042-627-1140
전자우편	eji@ji-hye.com
	ejisarang@hanmail.net
애지카페	cafe.daum.net/ejiliterature

ISBN	979-11-5728-570-9 03810
값	12,000원